Ugo et Liza pères Noël

Premières lectures

* Je commence à lire tout seul.
Une vraie intrigue, en peu de mots, pour accompagner
les balbutiements en lecture.

** Je lis tout seul.
Une intrigue découpée en chapitres pour pouvoir faire
des pauses dans un texte plus long.

*** Je suis fier de lire.
De vrais petits romans, nourris de vocabulaire et de
structures langagières plus élaborées.

Par un petit matin froid du 25 décembre, quand elle avait
l'âge de Ugo et Liza, **Mymi Doinet** a découvert un cœur
parfaitement bien dessiné sur la vitre couverte de buée.
Qui donc l'avait tracé ? Mymi était sûre que c'était le père
Noël... et aujourd'hui, elle le croit toujours !

Quand il était petit, tous les copains de classe
de **Daniel Blancou** rêvaient de rencontrer le père Noël.
Lui, au contraire, n'avait qu'une idée en tête :
devenir dessinateur. Ces dessins lui permettent de vivre
un peu tous les métiers qu'il souhaite.

Responsable de la collection :
Anne-Sophie Dreyfus
Direction artistique, création graphique
et réalisation : DOUBLE, Paris
© Hatier, 2013, Paris
ISBN : 978-2-218-97043-6
ISSN : 2100-2843
Tous droits de reproduction
et d'adaptation réservés pour tous pays.
Loi n° 49956 du 16 juillet 1949 sur
les publications destinées à la jeunesse.

PAPIER À BASE DE
FIBRES CERTIFIÉES

Hatier s'engage pour
l'environnement en réduisant
l'empreinte carbone de ses livres.
Celle de cet exemplaire est de :
150 g éq. CO_2
Rendez-vous sur
www.hatier-durable.fr

Achevé d'imprimer par Clerc à Saint-Amand-Montrond - France
Dépôt légal : 97043-6/01 - Août 2013

LES PETITS MÉTIERS
D'**UGO** ET **LIZA**

Ugo et Liza
pères Noël

écrit par Mymi Doinet
illustré par Daniel Blancou

HATIER
POCHE

Coucou,
je m'appelle **Ugo**!
Je suis un bricoleur...
très étourdi.

Et moi,
je m'appelle **Liza**!
Je suis super
acrobate...
mais j'ai le vertige.

Woua, woua,
moi c'est **Robotaquin**!
Je suis un chien magicien...
mais, sans mes piles,
je perds tous mes pouvoirs.

1
Le père Noël sera-t-il là?

Ce soir, c'est Noël!
La neige recouvre Jouets-Ville
de son manteau blanc, et des
guirlandes lumineuses brillent
dans les rues...

Ugo et Liza courent vers la
boulangerie :
– Pourvu qu'il reste de la bûche
aux marrons pour le réveillon*!

Devant eux, un rouge-gorge
sautille. Veut-il des miettes
de gâteau ? Non ! Il siffle :
– Dans le parc de Jouets-Ville,
deux grands voyageurs vous
attendent !

Quelle surprise! Là-bas, près du manège aux petits chevaux, il y a bien deux rennes. Mais leur traîneau est vide!

Les rennes pleurent :
– Le père Noël a la rougeole*,
il doit rester au fond de son lit!

– Catastrophe! s'écrient Ugo et Liza, cette nuit, le père Noël ne viendra pas.

Robotaquin clignote de la truffe :
– Woua, woua, abracadabra!
Voici de quoi vous déguiser en
pères Noël. Voici aussi une hotte
qui déborde!

Sur le lac du parc transformé
en patinoire, Ugo et Liza se
regardent comme dans un
miroir :
– Avec nos bonnets rouges, c'est
nous les nouveaux pères Noël!

Puis ils montent à bord du traîneau, et les rennes décollent aussitôt.

Saperlipoplouf! Liza a le vertige. Elle se dit :

– Courage, la mère Noël ne doit pas trembler dans les nuages!

Les rennes se mettent d'accord.
– Filons d'abord en Afrique!
Les enfants nous attendent
sur les dunes*, en dansant
sous la lune.

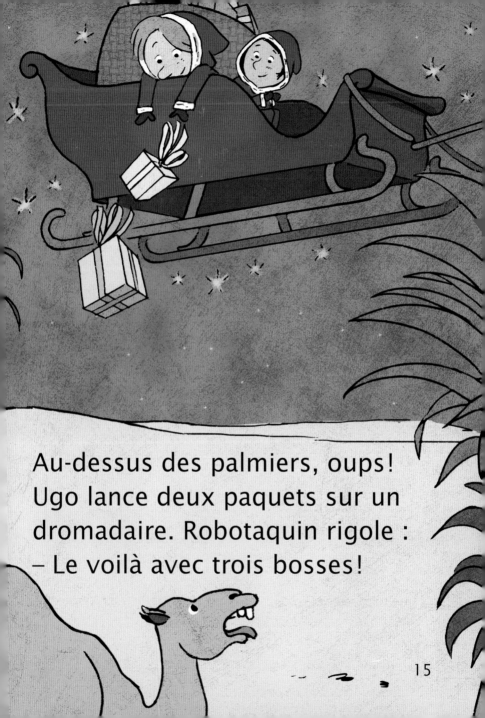

Au-dessus des palmiers, oups!
Ugo lance deux paquets sur un
dromadaire. Robotaquin rigole :
– Le voilà avec trois bosses!

Le tour du monde continue :
direction l'Amérique!
Liza est pressée d'atterrir :
– Posons-nous sur un gratte-ciel*!

2
Haut les mains!

Les bras chargés de cadeaux, les courageux petits pères Noël se dépêchent : ils doivent finir la tournée avant le lever du soleil!

Il est minuit! Soudain, une large cape s'agite au somment de la tour. Ugo et Liza tremblent. Qui donc les suit là-haut?

C'est Superbandit! Il s'écrie sous son masque :
– Haut les mains, peau de sapin! Emmenez-moi tout de suite en Laponie* chez le vrai père Noël.

Sauve qui peut! Ugo et Liza escaladent* la hotte pour s'y cacher, et supplient Robotaquin :
– Aide-nous, sinon Superbandit va cambrioler le chalet du père Noël!

Mais abracadaboum! Robotaquin
ne peut plus bouger. Ugo essaie
de le réparer. Impossible!
Les piles du magie-chien sont
encore usées.

Tout à coup, le traîneau freine.
Aveuglé par les flocons,
Superbandit a du mal à guider
les rennes!

3
Au lit Superbandit!

Superbandit panique dans la tempête de neige :
– Je voulais faire une farce au père Noël avec mon pistolet à eau!

Ugo et Liza n'ont plus peur. Pas pour longtemps! Un vent glacial souffle. Brr, gla, gla!
La hotte prend la forme d'un énorme glaçon.

Ugo, Liza et Superbandit hurlent :
– Au secours, nous allons
congeler comme du poisson
pané !

À des milliers de kilomètres
de là, saperlipaquet! Le père
Noël est guéri. Il saute sur une
étoile filante, et pfut! il rejoint
ses rennes et les trois petits
passagers qui grelottent.

Le père Noël leur distribue
du chocolat chaud. Il dit à
Superbandit :
– C'est l'heure de jouer les
marmottes*, au lit! Je te ramène
chez toi, Superblagueur.

Ensuite, zou! il revient à
Jouets-Ville et dépose Ugo et Liza.
Chacun dort derrière ses volets.

Puis, avant de retourner en Laponie, il place des piles neuves dans la poche de Robotaquin qui aboie de bonheur :

– C'est promis, père Noël, l'année prochaine, on vous aidera encore !

jeu

Le chalet du père Noël a une cheminée qui fume,
des volets rouges, un sapin à gauche et deux sapins
à droite, cinq étoiles qui brillent au-dessus du toit.
Quel est son chalet?

a.

b.

c.

d.

e.

mon mini dico

dune (p. 14) : c'est une colline de sable formée par le vent dans le désert ou au bord de la mer.

escalader (p. 20) : c'est grimper sur quelque chose de haut.

gratte-ciel (p. 16) : c'est un immeuble très haut qui a beaucoup d'étages.

Laponie (p. 19) : c'est une région très froide au nord de l'Europe qui s'étend sur la Finlande, la Norvège, la Suède et la Russie.

marmotte (p. 27) : c'est un petit rongeur qui vit dans la montagne et hiberne tout l'hiver dans son terrier. Dormir comme une marmotte, c'est dormir beaucoup.

réveillon (p. 6) : c'est un repas de fête que l'on fait la nuit de Noël et la nuit du 31 décembre.

rougeole (p. 9) : c'est une maladie qui donne des taches rouges sur la peau.